Lieber Uwe

Wünsche dir gute Unterhaltung
mit meinem dritten Krimi.
Am besten gönnst du dir einen
guten Schluck Baileys dazu!

Beste Grüße

„Schene Griaß von der Schneewirtin“

Warm eingepackt stand er da und qualmte eine nach der anderen. Ein frostiger Wintereinbruch hatte Bad Waizenbach in eine dicke Schneedecke gehüllt. Für Observationen in freier Natur war dieses Wetter alles andere als geeignet, doch das Dasein als Auftragsmörder war bekanntlich kein Zuckerschlecken. Zitternd beobachtete Luis den Parkplatz des ortsansässigen Pferdegestüts und wartete auf sein neuestes Ziel. *„Oida i hob Eiszapfen am Sack"*, dachte er und zog bibbernd an seinem Glimmstängel. Der Vollmond schien hell über das Gelände. Er hatte daher gute Sicht auf alles, aber seine Nerven spielten noch nicht mit. Es war jedoch noch Zeit, also rauchte Luis weiter und versuchte, sich zu beruhigen. Endlich zeigte der Tabak seine Wirkung. Luis wurde ruhiger und klarer. Entspannt rauchte er die letzte Zigarette zu Ende. Danach packte er alle Stummel in eine Tüte zusammen. *„Keine Spuren hinterlassen"*, dachte er fokussiert. Abschließend prüfte er seine Ausrüstung. Munition. Pistole. Schalldämpfer. Alles war einsatzbereit und Le Assassine war es auch. Schließlich bewegte sich eine dunkle Gestalt über den Parkplatz. Luis erkannte darin sein Ziel. Entschlossen eröffnete er seine Jagd.

der Wirtin der Durststube, stellt die Psyche von ihm auf eine harte Probe. Denn die vermeintliche Gastronomin betreibt ihr eigentliches Geschäft im Drogenhandel und jetzt, mit ihrem persönlichen Auftragsmörder, strebt sie nach weiterer Macht. Für Luis waren es seither geschäftige Tage, denn das Milieu, in dem sich Hilde bewegte, war gut besetzt. Der eitle Pferdebesitzer, Leo Brunnthaler, agiert hier bereits seit einiger Zeit und hat mit seinem Handlanger, Laszlo, eine ausgeprägte Machtposition aufgebaut. Über diese regionalen Drogengeschäfte hinaus zog aber ein noch geheimnisvollerer Schurke die Fäden. Nur sein Deckname „Der Fischotter" war bekannt. Hilde hatte also einige Hürden vor sich und beauftragte daher Luis, diese für sie aus dem Weg zu räumen. Man hilft sich in einer Partnerschaft schließlich gegenseitig. Luis hatte mit der Situation jedoch seine Probleme und seitdem er die Wahrheit über Hilde erfahren hatte, erscheint ihm auch wieder die Halluzination von Ilse. Trotzdem half er Hilde, denn sie kannte ja jetzt auch seine echte Tätigkeit. Gegenseitig konnten sie sich schlecht verraten, also zog Luis wieder los, um seiner finsteren Beschäftigung nachzugehen. Und immerhin hatte er diesmal wieder seelischen Beistand von Ilse.

Prolog

Die Ereignisse der letzten Wochen hatten ihn wieder zum Kettenraucher werden lassen. Der ein oder andere Schluck Nussgeist war auch dabei. Es gefiel ihm zwar, wie die Kombination aus Rauch und Schnaps seine Lunge wärmte, aber er wusste auch, wie gefährlich dieser Zustand war. Nicht nur die gesundheitlichen Risiken wegen des Rauchens, mit denen ihm sein Arzt ständig in den Ohren lag, sondern auch die Tatsache, warum er wieder angefangen hatte. Turbulente Wochen waren in Bad Waizenbach vergangen. Das ganze Chaos rund um die Motorradbande „KOMAS", woraufhin am Ende deren Anführer als neuer Bürgermeister gewählt wurde. Allein diese Geschichte setzte Luis „Le Assassine" Eder immens zu, hatte er sich doch gerade erst von seinem Burnout erholt. Auch die Halluzinationen von seiner toten Psychologin Dr. Ilse Römer waren eigentlich verschwunden und eventuell befand er sich auf dem Weg der Besserung. Doch es schlich sich wieder an, das Burnout. Und dann kam es knüppeldick. Luis' Liebesverhältnis zu Hilde,

„Oida i hob Eiszapfen am Sack“

INHALT

Die höchste Form des Glücks, ist ein Leben mit einem gewissen Grad an Verrücktheit.

- Erasmus von Rotterdam -

1st edition 2024

Production, design and conception:
story.one publishing - www.story.one
A brand of Storylution GmbH

Font set from Minion Pro, Lato and Merriweather.

Lektorat von Eva Andexlinger und Karin Andexlinger

ISBN: 978-3-7115-3102-5

Geri Hehenberger

TOD IM SCHNEEGESTÖBER
Der dritte Luis Eder Krimi

story.one – Life is a story

story.one

(1) Blutroter Schnee

Frierend verdaute Wittelsberger die schockierenden Bilder des Tatorts. Früh morgens hatte man ihn gerufen, was ihm ohnehin schon lästig war, aber die Kälte erschwerte es zusätzlich. Dennoch war er pünktlich und beäugte nun die Szenerie im Wald nahe dem örtlichen Pferdegestüt. Die Schuhabdrücke im Schnee waren noch gut zu erkennen. Die vielen abgebrochenen Äste und Blut entlang der Spur taten ihr Übriges. Konzentriert ging der Inspektor den Spuren nach, während sich vor seinem inneren Auge das Geschehene abspielte.

Mit ausgestreckter Waffe ging Luis schnellen Schrittes voran. Seine Zielperson immer im Visier. Noch hatte ihn diese nicht registriert. Gelassen ging Laszlo, die rechte Hand von Leo Brunnthaler, daher zu seinem Wagen. Gerade in dem Moment, als er die Autotur öffnen wollte, läutete die Kirchenglocke unheilvoll in der Ferne. Dann knallte es das erste Mal. Krachend ging der Außenspiegel in Scherben auf. Durch Frost und Kälte hatte Luis‘ zitternde Hand einen Volltreffer verhindert. *„He schleich di!"*, murmelte er genervt. Laszlo brauchte ein paar Sekunden bis er bemerkte was geschehen war, dann aber veranlasste ihn der Adrenalinschub die Beine in die Hand zu nehmen. Im Schock rannte er schnurstracks in das gegenüberliegende Waldstück. Luis feuerte mehrmals hinterher, traf aber nicht. *„Geh muas des sei. … des Renna geht ja auf die Knie"*, brach es verärgert aus ihm heraus. Es half nichts. Schnell machte er ein paar Sätze vorwärts, um sein Opfer dann mit ruhiger Hand ins Visier zu nehmen. Energisch zischte es aus dem Schalldämpfer. Einen Wimpernschlag später hörte man Laszlo kurz vor der Waldgrenze aufschreien. *„Der hod gsessen"*, dachte Luis und ging hinterher. Der Gejagte gab sich jedoch noch nicht geschlagen, denn der Treffer ging zum Glück nur in die Schulter. Er nahm sich zusammen, raffte sich auf und lief tiefer in den Wald. Durch die Wunde verlor er aber viel Blut, was ihn schwer beeinträchtigte. Immer wieder zischten die Pistolenkugeln an Laszlo vorbei, während er über den knatschenden Waldboden hastete. Das Blut und die Schuhabdrücke waren wegen des Mondlichts gut zu erkennen. Laszlo war daher leichte Beute und Luis wusste, dass es nur noch Augenblicke waren, bis sich der richtige Moment ergab. Keuchend flüchtete Laszlo weiter. Verzweifelt suchte er einen Ausweg. Doch es war zu spät. Diese kurze Pause nutze Le Assassine eiskalt und traf sein Ziel in den Unterschenkel. Die Flucht war damit vorbei. Schmerzverzerrt krümmte er sich am Boden, robbte aber noch weiter durch den Schnee. Doch der Tod war ihm gewiss. Luis atmete tief durch und begab sich zu Laszlo. Unsanft drehte er ihn mit dem Fuß um. *„Scher di zum Teifö!"*, entfuhr es Laszlo, als er einen großen Batzen Blut spuckte. *„Ihr wissts ned mit wems eich anlegts"*, ergänzte er in seinem letzten Atemzug. Zögerliche seufzte Luis. *„Schene Griaß von der Schneewirtin"*, sagte er dann und verpasste Laszlo den Todesstoß. Dann drückte er noch zweimal ab. Zur Sicherheit. Wie immer.

Wittelsberger schloss seine Gedanken. *„Hmm … des kumt ana Treibjagd gleich"*, meinte er. *„Einer Treibjagd mit Hinrichtung!"*, hörte er dann plötzlich eine Frauenstimme mit wienerischem Hochdeutsch hinter sich sagen. *„Guten Tag, Gabriele Glaser, die neue Staatsanwältin. Und Sie müssen der berühmte Oberinspektor Wittelsberger sein"*, ergänzte die adrett gekleidete Dame selbstbewusst, während sie dem verblüfften Wittelsberger die Hand reichte.

„Logisch … mhm …
chancenlos“

(2) Die Schneewirtin

Der Tatort war mittlerweile säuberlichst abgearbeitet worden. Zeit hatten sie ja genug, da die Tat sehr früh entdeckt wurde. Der Forstwart, Niklas Hohensteiger, hat den Saustall während seiner Frühschicht vorgefunden und sogleich Alarm geschlagen. Beinahe hätte er sogar Luis auf frischer Tat ertappt, denn der Auftragsmörder war eigentlich noch dabei, den Akt zu verschleiern. Der pflichtbewusste Forstwart verhinderte das jedoch mit seinem frühen Erscheinen. Luis musste daher fliehen, um nicht entlarvt zu werden. Für das Ermittlerduo ein Glücksfall, denn dadurch war der Tatort voller nützlicher Spuren. *„So Herr Oberinspektor, das war jetzt ein intensiver Start. Mir wäre jetzt ein Würstelstand recht"*, sagte die junge Anwältin mit knurrendem Magen. *„Da werns in Bad Waizenbach aber a Pech ham"*, antwortete Wittelsberger knapp. *„Wie? Kein Würstelstand? Wo bekomme ich dann eine Eitrige und ne Blechhülse?"*, erwiderte sie verwundert. Wittelsberger hob eine Augenbraue. Er war überrascht, dass die sonst so bieder wirkende Staatsanwältin eine „Eitrige“ und eine „Blechhülse“ überhaupt kannte. „*Na leider hama ka Wirschtlstandl im Ort*“, antwortete er. „*Aber zum Kirchenwirt auf an Sauschädl kinn ma foan*“, ergänzte er, während die Dame durch den Schnee zum Wagen stöckelte. „*Dann doch lieber Schachtelwirt*“, sagte diese, bevor sie ins Auto stieg. Kopfschüttelnd stieg der Inspektor ebenfalls ein. Dann brausten sie gemeinsam los.

Bereits beim Händeschütteln spürte er, dass ihm die ehrgeizige Frau viel Arbeit bescheren würde. Aber diese Arbeitswut überstieg seine Vorstellungen. Die Mittagspause war so kurz, dass Wittelsberger das meiste Essen zum Mitnehmen einpacken ließ. Sowas war ihm das letzte Mal in den 90ern passiert. Doch mit der neuen Staatsanwältin wehte ein anderer Wind. Eiligst hatten sie sich ins Polizeirevier begeben, um die Ermittlungen voranzutreiben. Gabriele Glaser wollte ihren Chefs schnell Ergebnisse liefern. Der Oberinspektor musste also spuren. Konzentriert arbeitete er daher mit und lauschte den Ausführungen der Anwältin. „*Der Kopftreffer an sich war schon tödlich, aber der letzte Schuss ging direkt in die Aorta und da bist du dann chancenlos*“, führte Glaser aus. „*Logisch … mhm … chancenlos*“, murmelte Wittelsberger zustimmend und notierte sich die Finger wund, ohne zu wissen, wer oder was eine Aorta überhaupt ist. Beiden war klar, dass trotz des gottlosen Blutbads ein Profi am Werk gewesen sein musste. Zudem konnte man das Opfer, Laszlo, eindeutig dem Drogenmilieu zuordnen und diverse Kontaktpersonen schnell erheben. Ein großer Haufen an Indizien war also vorhanden. Die Ermittler bereiteten zunächst alle Informationen auf. Wie im Fernsehen wurden Verbindungen zwischen Personen mit roten Fäden markiert. Als sie damit fertig waren, blickten beide auf ein chaotisches Bild mit vielen Daten und Fakten, wobei man auch einige Namen erkennen konnte. Die erste Verbindung von Laszlo zu Leo Brunnthaler konnte man gut nachvollziehen. Weitere Namen aus dem Drogenmilieu tauchten ebenfalls auf, da hier bereits Akten vorhanden waren. Allerdings leider nur Decknamen. Einer der gefährlicheren Sorte war unter dem Namen „Der Fischotter“ bereits mehrfach aktenkundig geworden. Auf der anderen Seite tauchte eine neue Figur auf. Erste Erwähnungen zum Thema Drogen gab es hier aber bereits auch schon. *"Hmm ... die Schneewirtin? Was wird das wieder für ein Ganove sein?"*, stellte Glaser zur Diskussion, während sie und Wittelsberger die Indizien betrachteten.

„Äh … jo, Oane moani nahm i nu“

(3) Ménage-á-trois

Mit tief schneidenden Blicken strafte Ilse Römer ihren ehemaligen Patienten. Immer wieder schüttelte sie dabei deutlich den Kopf und kniff erbost ihre Augen zusammen. Luis registrierte natürlich diese unfreundliche Beobachtung und hatte daher große Probleme, sich zu konzentrieren. Seine frühere Psychologin halluzinierte er ja nur, aber sie war mit dem, was er tat, dennoch nicht einverstanden. Auf der anderen Seite saß Hilde, die als Schneewirtin ein neues Nebengeschäft für sich entdeckt hat und Luis nun zusätzlich zu den fleischlichen Gelüsten als ihre persönliche Tötungsmaschine verwendete. Ununterbrochen redete sie auf Luis ein. Der saß nach seiner nächtlichen Aktion im frostigen Wald, bei ihr in der Durststube, um Bericht zu erstatten. Und um sich aufzuwärmen. Also hatte er seine Füße in einem wärmenden Fußbad und schlürfte an einem hochprozentigen Tee mit Schuss. *„He! Kollege!“*, sagte Hilde energisch zu Luis und schnippte mit ihren Fingern vor seinem Gesicht. *„Herst ma du überhaupt zua?“*, fragte sie sarkastisch und lenkte Luis´ Aufmerksamkeit wieder zu sich. *„Äh … jo, Oane moani nahm i nu“*, erwiderte Luis etwas konfus, bevor er schließlich seine Sinne wieder bei Hilde hatte. Diese schilderte ihre großen Pläne und schimpfte Luis auch etwas, denn die Ausführung von Laszlos Beseitigung war nicht sauber gewesen. Das dieses brutale Vorgehen in die Hose gehen könnte, sah sie jedoch nicht. Weder die Polizei noch die anderen Konkurrenten im Drogenmilieu fürchtete sie. Zu ehrgeizig waren ihre Ziele. Blind vor Gier nahm sie dabei auch Kollateralschäden in Kauf. Egal ob bei Freund oder Feind. Hilde hatte auch bereits ihre nächsten Schritte geplant und wollte sich demnächst Laszlos Boss widmen, dem Pferdezüchter Leo Brunnthaler. Ihr hauseigener Auftragsmörder hat also bald wieder Arbeit vor sich. Seufzend schlürfte Luis weiter an seinem Tee. Die Machtgier von Hilde schlug ihm aufs Gemüt und die brennenden Blicke von Ilse spürte er weiterhin im Nacken. Immerhin wärmten sie ihn zusätzlich.

Einige Stunden später hatte Hilde ihren offiziellen Gastbetrieb öffnen müssen. Ihre weiteren Pläne hatte sie Luis da bereits im Detail erläutert. Ilse hatte also Gelegenheit, mit Luis eine weitere Therapiesitzung zu halten. Sie fand, das wäre dringend notwendig, denn man merkte einfach, dass Luis mit seiner Situation nicht glücklich war. *„Warum mochst du des eigentlich, wennst damit ned glücklich bist?“*, fragte sie spitzfindig. *„Is es wegen des Geldes?“*, hakte sie weiter nach. *„Ah geh! Geld hab i genug“*, antwortete Luis eingeschnappt. Die tiefschürfende Frage traf bei Le Assassine einen wunden Punkt. *„Ja warum hängst du des ganze dann ned an den Nagel und mochst da a schönes Leben? Irgendwann wird des für di sonst schlimm enden, glaub ma“*, entgegnete Ilse mit Nachdruck, aber Luis war stur. Er merkte zwar auch selbst, dass seine halluzinierte Begleiterscheinung recht hatte, aber das konnte er nicht zugeben. Mannsbilder eben. *„Bledsinn!“*, sagte er. *„Unkraut vergeht ned“*, und fuhr mit der Planung seiner nächsten Aktionen fort. Schweigend beobachtete Ilse ihren ehemaligen Patienten bei seinem Tun. Nach all den Jahren als Psychologin – und den paar Monaten, in denen sie nun als Geist therapieren durfte – erkannte sie einen hoffnungslosen Fall nur zu gut. Nicht wissend, wie recht sie haben sollte, wandte sie sich traurig ab.

„Geh! Wer wird den glei so an Bahöö mochn"

(4) Der edle Reiter

Leo Brunnthaler hatte schlaflose Nächte hinter sich. Seit der Beseitigung von Laszlo, seiner rechten Hand, hatte der Besitzer des örtlichen Pferdestalls kein Auge zugetan. Er war viel zu verärgert über diesen Affront, den er sich von der Schneewirtin und Luis hatte bieten lassen müssen. Brunnthaler verbrachte daher die Zeit mit der Fellpflege seines Lieblingshengstes „Matrix". Der Umgang mit Pferden und die Pflege seines eigenen Spitzbarts, ein äußerst prächtiges Exemplar noch dazu, beruhigte seine Emotionen. Tag für Tag war er daher in seinem Pferdestall anzutreffen. Im Grunde war Leo Brunnthaler ein normaler Geschäftsmann, der einen Pferdestall betrieb, doch wie so viele in Bad Waizenbach hatte auch er ein nicht ganz legales Nebengeschäft laufen. Seit Jahren vertrieb er mit Laszlo im regionalen Gebiet diverse illegale Substanzen, die sie wiederum von einem mächtigeren Vertriebspartner, dem mysteriösen „Fischotter" erhielten. Eine einträgliche Geschichte in einem sensiblen Ökosystem, das nun durch das Auftauchen von Hilde empfindlich gestört wurde. Die Nachricht, die Hilde an Leo sandte, brachte ihn nun zum Überkochen. Wutentbrannt zerknüllte er das Schriftstück und schimpfte derartig los, dass sein Pferd wild zu scheuen begann. *„Geh! Wer wird den glei so an Bahöö mochn"*, sagte Brunnthaler zu Matrix und beruhigte den Gaul, nachdem er sich selbst wieder gesammelt hatte. Dann betrachtete er nochmal die Nachricht von Hilde. Darin gab sie indirekt die Tötung von Laszlo zu und verdeutlichte, dass sie nun den Geschäftsbereich von Brunnthaler übernehmen wird. Er spürte, wie ihm die Galle wieder hochzukommen drohte. Nicht nur, dass man ihm seinen Platz streitig machen wollte. Die Beseitigung seines Handlangers und dass dadurch nun die Polizei ständig in seinem Stall herumschnüffelte, brachten ihn zur Weißglut. Die dadurch entstandenen Probleme mit seinem Vertriebspartner machten die Sache heikel für Brunnthaler. Bereits kurz nach dem Auftauchen der neuen Konkurrenz informierte er sich und erfuhr einiges über Hilde. *„Des is eine Buttlerin!"*, wurde ihm damals gesagt. *„De wird ned so schnell aufgeben"*, wurde ihm prophezeit, doch Brunnthaler nahm die Warnungen nicht ernst und tat alles als lapidare Aktion einer sich langweilenden Hausfrau ab. Seine Hochnäsigkeit wurde ihm dort bereits angelastet und im Falle eines Versagens wurden ihm schmerzhafte Konsequenzen angedroht. Neben dem ganzen Ärger trieb ihn daher noch ein weiterer Motivationsfaktor an: Angst. Die Angst vor dem, was der Fischotter mit ihm anstellen würde, wenn er seinen Laden nicht schnell wieder in den Griff bekommen sollte. Brunnthaler war daher zum Handeln gezwungen. Entschlossen griff er zu den „Gelben Seiten" und suchte die Nummer der Durststube heraus. *„Des wär doch g´locht, wenn i mit dem Mädl ned fertig werd"*, sagte er schelmisch lachend zu seinem Pferd und wählte die Nummer. Mit einem persönlichen Treffen soll die Sache geregelt werden. In seinem Revier, dem Pferdestall. Da wo er alle Trümpfe in der Hand hält.

Während der edle Reiter versuchte bei der Schneewirtin Fortschritte zu erzielen, hatten sich Oberinspektor Wittelsberger und die Staatsanwältin Gabi Glaser durch ihre Beweismittel gearbeitet. Nun wollten sie mit ein paar der beteiligten Personen sprechen. Erster Kandidat für ein ernstes Wörtchen war Leo Brunnthaler, doch die Zeit drängte.

"Aso wiakli woa?"

(5) Ein einsamer Rabe

Hilde konnte ihr Grinsen kaum verbergen, als sie Leo Brunnthaler in seinem Pferdestall antraf. Der Anruf von ihm überraschte sie zwar nicht, aber die Art und Weise ließ durchblicken, dass dem eitlen Pferdebesitzer das Wasser bis zum Hals stand. Wie ein brunftiger Pfau hatte sich Brunnthaler am Telefon aufgeführt und wollte so klare Kante beweisen, aber die weibliche Intuition von Hilde erlaubte es, zwischen den Zeilen zu lesen. Jetzt, wo sie ihren Kontrahenten persönlich mit seinem prächtigen Spitzbart sah, kam ihr dieses Bild wieder in den Kopf. Ein Grinsen war daher nicht zu verhindern. Brunnthaler bemerkte dieses respektlose Verhalten natürlich und schäumte innerlich vor Wut. Diese Angelegenheit wollte er aber wie ein Profi regeln. *„Gehen wir ein Stück"*, sagte er zu Hilde, nachdem er sie begrüßt hatte. So höflich, wie es ihm eben möglich war.

Durchaus beeindruckt von dem prächtigen Pferdegestüt folgte Hilde ihrem Gastgeber über die verschneite Anlage und lauschte seinen Erzählungen. Nachdem er mehrfach den großen Otto markiert hatte, kam er schließlich auf das Geschäftliche zu sprechen. Hilde unterbrach aber sofort, denn sie wollte die heiklen Themen privater klären und schlug daher den nahegelegenen Heustadl am Gelände vor. Brunnthaler war das nur recht, denn da konnte er, ohne beobachtet zu werden, eine Einigung mit der Schneewirtin finden. *„Vielleicht sogar eine endgültige"*, dachte er bedrohlich. Im Heustadl breitete er dann umfangreich seine Sicht der Dinge auf und bot Hilde sogar eine Beteiligung an. Da war ihr klar, dass sie ihn in der richtigen Position hatte. *„Aso wiakli woa?"*, warf Hilde dann spontan in Brunnthalers minutenlangen Vortrag ein, was diesen kurz aus dem Konzept brachte. Die Aussage war auch mehr als frecher Einwurf gemeint, denn als echte Frage. Er sortierte seine Gedanken neu. *„Is die sich dem Ernst der Lage ned bewusst?"*, fragte er sich und setzte dann mit seiner Wutrede fort. *„Und der Zirkus mit diesem dilettantischen Handlanger, diesem Auftragsmörder, hört jetzt auf"*, sagte Brunnthaler energisch. *„Wie der daherkommt, des is ja peinlich für unseresgleichen"*, ergänzte er in abwertendem Ton. *„Und dass er den Laszlo getötet hat, wird er noch ber …"*, fuhr er fort, ohne den Satz beenden zu können. Ein kurzes

Zischen war ertönt und Brunnthaler stockte plötzlich der Atem. Geschockt realisierte er nach einigen Augenblicken, dass er in den Rücken getroffen wurde. Blutüberströmt drehte er sich um und blickte bestürzt auf eine circa 1,85 m hohe Gestalt, die mit Heu bedeckt aus dem restlichen Heuhaufen herausragte. Die rauchende Spitze des Schalldämpfers sah man deutlich hervorstechen. Die Hand, die diese Pistole führte, gehörte Luis Eder, der sich schließlich vom Heu befreite und zu Brunnthaler ging. *„Da Sie sich meinen Namen ned gmerkt ham, derf i mi numois vorstellen. Gestatten, Eder. Auftragsmörder!"*, sagte Luis zum kreidebleichen Brunnthaler. Dann drückte er noch zweimal ab. Zur Sicherheit. Wie immer.

Gestärkt in ihrer Macht nahm es Hilde zufrieden zur Kenntnis. Vor dem Heustadl saß ein einsamer Rabe, der der ganzen Szene beiwohnen durfte. Als hätte er den Tod über Brunnthaler gebracht, beobachtete er argwöhnisch die Schneewirtin beim Verlassen des Ortes. Dann widmete er sich lieber der Reinigung seines schwarzen Federkleides, als Luis beim Abtransport der Leiche zu beobachten. Er krächzte, als ob ihn das Gesehene schmerzen würde. Dann flog auch er seines Weges.

„So gengan de Gang owa ned"

(6) Blut auf der Karriereleiter

Es war ein hartes Stück Arbeit, bis Luis endlich die Leiche von Leo Brunnthaler ordentlich versteckt hatte. Die bösen Blicke, die er dabei von Ilse ertragen musste, trieben ihm weitere Schweißperlen auf die Stirn. Völlig überanstrengt sackte er neben Brunnthalers leblosen Körper zusammen und versuchte, eine burnoutbedingte Panikattacke zu vermeiden. *„Siagst, des bekommt da ois ned guad!"*, keifte ihn Ilse eindringlich an. *„Du merkst goaned, dass dich die blede Kuah nur ausnutzt und du ruinierst di dabei!"*, meckerte sie aufgebracht weiter, während Luis mit Atemübungen aus einem Schwangerschaftskurs seine Panik wieder unter Kontrolle brachte. Er war genervt davon, wie ein kleiner Junge getadelt zu werden, also sprang er auf und ließ Ilse ohne Beachtung stehen. *„De soi ma in Buckel owi rutschen, i muas sowieso zum Pappenschlosser"*, dachte er während seines flotten Abgangs. Außer Puste war er aber weiterhin und auch sein Gewissen zwickte ihn. Ilse hatte ja doch irgendwie recht. Nur kurz nach Luis und Hildes

Aktion in Brunnthalers Pferdestall, erschien dort das neue dynamische Duo von Bad Waizenbachs Strafverfolgung. Gabi Glaser und Oberinspektor Wittelsberger hatten ein paar dringliche Fragen an Leo Brunnthaler bezüglich des Mordfalls „Laszlo". Wittelsberger hätte zwar lieber schon Feierabend gemacht, um pünktlich bei seinem Stockschützenverein zu sein, aber mit der Staatsanwältin war da nichts zu machen. Gabi Glaser war versessen darauf, schnell Ergebnisse liefern zu können, damit ihr großer Traum - Richterin am obersten Gerichtshof - wahr werden konnte. Die Aufklärung der Vorkommnisse im verschneiten Bad Waizenbach standen diesem Traum aber noch im Weg. *„Jetzt! Kommens endlich in die Gänge!"*, schimpfte Glaser mit Wittelsberger, da dieser für ihr Befinden viel zu langsam hinter ihr her trabte. *„Wir dürfen keine Zeit verlieren. Der Brunnthaler weiß sicher etwas. Hopp hopp, flott!"*, gab sie motivierend von sich und feuerte ihren Kollegen händeklatschend an. *„So gengan de Gang owa ned"*, dachte dieser angefressen und beschleunigte dann doch seinen Schritt. Am Gelände war von Brunnthaler zunächst ohnehin keine Spur, was dem Inspektor rasch wieder zu einer ersten Atempause verhalf. Beim Stall von Matrix, dem Pferd Brunnthalers, war ein Stallbursche gerade dabei auszumisten. Auch er hatte keine Ahnung, wo sein Boss war, hatte er doch verschlafen und kam erst spät zum Stall. Zu seinem Glück blieb das unbemerkt. *„Vielleicht is er unten im Heustadl, da geht er öfter zum Telefonieren hin“*, meinte der Knecht und deutete mit seinem verschlafenen Gesicht in die Richtung, wo der Heustadl stand. Die Ermittler beschlossen sich umzusehen und ließen den müden Kerl wieder sein Werk verrichten. Am Heustadl eröffnete sich dann sofort ein düsteres Bild. Zwar waren viele Spuren eindeutig verwischt worden, aber eine Blutspur konnte man noch deutlich erkennen. *„Scheint ois ob a bissl a Blut auf Ihrn Karriereweg liegt“*, gab Wittelsberger sarkastisch von sich. Ein ungutes Gefühl befiel ihn und Glaser, als sie diese Spuren entdeckten. Dem Besitzer des Pferdestalls muss etwas zugestoßen sein. Zuerst der Mord an Laszlo, nun das Verschwinden von Brunnthaler und die Blutspur im Heustadl. Das Pferdegestüt mittendrin. Das konnte kein Zufall sein. Ihnen blieb nichts anderes übrig, als die neu gewonnenen Erkenntnisse mit den bisherigen Informationen zu verbinden. Dabei ahnten sie nicht, dass ihnen ein anderer Ganove, schon weit voraus war und sich Hilde und Luis bald annehmen wird.

“Nein. Trommle die Männer zusammen, ich werde mich selbst darum kümmern”

(7) Der Fischotter

Der Petersteich, ein kleines ruhiges Gewässer, war von Kindesbeinen an die Wohlfühloase von Willi Zauner. Ja, ganz recht DER Willi Zauner, bekannter TV-Koch und Gastronom. In der Nähe des Petersteichs durfte, der kleine Willibald aufwachsen und verfeinerte dort neben seinen Kochkünsten auch seine Handfertigkeit mit Fischen. Diese Begabung half ihm bei seinen beruflichen Stationen in den nobelsten Küchen der ganzen Welt enorm weiter. Fische ausnehmen und filetieren konnte er bereits, da hatte er noch nie seine Füße in eine Küche gesetzt. Noch heute bearbeitet er den Fisch für seine Gerichte von den Schuppen bis zur Grete selbst. Auch den Petersteich vergaß er nicht. Nach Jahren auf Wanderschaft liegt sein Lebensmittelpunkt nun schon seit langem wieder in der Heimat. Von dort betreibt er seine Geschäfte und zur Erholung besucht er regelmäßig die Idylle des Petersteichs. So auch heute. Mit ausgeschaltetem Handy auf dem kleinen Boot. Ruhig wie der Petersteich war, schien das Boot mitten darin festzukleben. Nur der Schwimmer, der an Willis Angelrute befestigt war, bewegte sich hin und wieder ein kleines Stück, wenn ein Fisch zu nah kam. Auf ihn hatte das eine hypnotische Wirkung. Perfekt, um die Gedanken schweifen zu lassen. So spekulierte er öfter über seine Geschäfte, suchte nach Lösungen und fragte sich immer wieder mal, wie es so weit kommen konnte. Warum kam er in dieses Milieu? Wie viele Leichen wohl seinen Weg pflastern? Fragen, auf die er keine genaue Antwort hatte. Er wusste nur, dass er nicht nur das Gastronomische beherrschte, sondern auch andere Gebiete sehr erfolgreich für sich entdeckte. Erfolgreich und vor allem im Geheimen. Würde sich auch nicht so gut auf seiner blütenweißen Weste machen, wenn herauskäme, dass sein Hauptgeschäft schon jahrelang im Drogenhandel liegt. Diese Sparte entdeckte er auf einer seiner Stationen als Koch für sich. Einerseits war er ein Meister in der Manipulation von Menschen und zum anderen besaß er die nötige Skrupellosigkeit, um in dem Metier bestehen zu können. Am Anfang dieser Karriere zeigte er diese Eigenschaft sehr deutlich, indem er nie lange fackelte und die Reviere von konkurrierenden Drogenhändlern schnell übernahm. Wie ein Fischotter räumte er die Gebiete von anderen leer. Sein eigenes Geschäft wuchs dadurch enorm und einen Namen hatte er sich dadurch auch gemacht. Willi “der Fischotter” Zauner war erfolgreich in dem, was er tat und aufkommende Konkurrenz erstickte er im Keim. Nur seinem ehemaligen Schwager - Leo Brunnthaler - gönnte er ein Stück des Kuchens. So überließ er ihm die Gegend um Bad Waizenbach. Natürlich in Kooperation mit ihm! Von den jüngsten Problemen mit der sogenannten „Schneewirtin“ und ihrem Handlager hatte er bereits gehört. Im Vertrauen auf Brunnthaler sah er aber keine Bedrohung darin. Als er nach dem Angeln sein Smartphone wieder aktivierte, wurde er jedoch eines Besseren belehrt. *„57 Anrufe!“*, entfuhr es dem Fischotter, als das Gerät wilde Töne von sich gab. Ein Mann wie Willi Zauner hatte natürlich viele dunkle Gestalten in seinem Dunstkreis, die ihm zuarbeiteten und ihn mit Informationen versorgten. Sein Kopf färbte sich in ein tiefes Rot, als er von einer dieser Gestalten aufgeklärt wurde. Brunnthaler war mausetot und die Schneewirtin dafür verantwortlich. *„Soll ich mich darum kümmern?!“*, fragte die Stimme auf Willis Telefon eindringlich. Es folgte Schweigen. *„Nein. Das wird jetzt persönlich. Ich werde das selbst im kleinen Rahmen regeln“*, sagte er schließlich.

"Na du kumst owa spät. Host die endli ausgspunna?"

(8) Die eigene Medizin

„Pippifein", hatte Luis' Zahnarzt gesagt. *„Im Grunde Ein-wand-frei!"*, ergänzte er noch und verabschiedete sich dann. *„Wie immer kurz angebunden"*, dachte Luis und rollte mit den Augen, als er aus dem Behandlungsstuhl stieg. Nachdem er sich Brunnthalers Leichnam entledigt hatte, musste er sich um einen schmerzenden Backenzahn kümmern. Trotz Termin verbrachte er eine Stunde im Wartezimmer und dann nochmal zwanzig Minuten im Ordinationszimmer. Zeit genug, um über viele Dinge nachzudenken und auch unbemerkt in den Akten ein bisschen herumzuschnüffeln. Dr. Kohlbauer war der einzige Zahnarzt in Bad Waizenbach und hatte daher alles, was Rang und Namen hatte, als Kundschaft. Informationen waren für Auftragsmörder pures Gold. Selbst Informationen über die Zähne seiner Mitmenschen. Am Ende war Le Assassine daher zufrieden, als er den Zahnarzt endlich verlassen konnte. Die Zufriedenheit währte allerdings nur kurz, denn sein neu aufkeimendes Gewissen in Form von Dr. Ilse Römer meldete

sich wieder. Sie löcherte ihn weiter mit Fragen und tadelte, was das Zeug hielt. Die lange Wartezeit beim „Pappenschlosser" schien jedoch Wirkung zu zeigen, denn Luis öffnete sich erstmals. *„Wovor i wiakli die Hosen voi hob is, dass ma die ganzen deppferten Sachen, die i in mein Leben gmocht hob, irgendwann um die Ohrn fliang"*, erwiderte Luis und war dabei zum ersten Mal ehrlich zu sich selbst. Nachdenklich gingen er und Ilse weiter. Gerade wollte sie etwas dazu sagen, als Luis abrupt stehen blieb. Sie waren bereits ums Eck zur Durststube gebogen, da fiel Luis ein merkwürdiges dunkles Fahrzeug vor Hildes Gastwirtschaft auf. Solche Szenen hatte er in seiner Laufbahn schon öfters gesehen und selten hatten diese etwas Gutes zu bedeuten. *„Hilde"*, dachte Luis besorgt. Ilse merkte die Anspannung in seinem Gesicht und ohne etwas dagegen tun zu können, sah sie zu, wie Luis wie ein wildgewordener Wasserbüffel zur Durststube sprintete. Entschlossen, Schlimmeres verhindern zu können, hoffte er, noch nicht zu spät zu kommen.

Ein paar Momente zuvor stand Hilde fröhlich an ihrer Theke und spülte einige Biergläser. *„Boid hob i den Schaß nimma notwendig und dann gehts ab in den Urlaub"*, dachte sie frohlockend. Brunnthaler hatte sie aus dem Weg geräumt und die Geschäfte mit dem weißen Pulver liefen von nun an nur noch durch ihre Hand. Bald würde sie so viel Geld haben, dass die Schufterei in der Durststube der Vergangenheit angehören wird. Fröhlich wischte sie die Gläser trocken und gab dabei einen bekannten Hit zum Besten. *„I dont wanna talk… about things we´ve gone through…“*, kam es halb schief aus ihrer Kehle, als sie draußen das Geräusch eines ankommenden Fahrzeugs vernahm. *„Luis“*, dachte sie und führte ihre Darbietung fort. *„Though it´s hurting meeee… now it´s history…“*, sang sie, als sich die Tür öffnete und Schritte näherkamen. Singend widmete sie sich weiter den Biergläsern und merkte nicht, dass die Person hinter ihr nicht Luis war. *„The winner takes it all… the loser´s standing smaaall…“*, tönte sie lauthals weiter, während die Gestalt eine Waffe zog. *„Na du kumst owa spät. Host die endli ausgspunna?“*, sagte sie schließlich und drehte sich um. Mit deutlichem Schrecken im Gesicht merkte sie nun, dass nicht Luis, sondern ein völlig Fremder vor ihr stand. Die darauffolgenden Sekundenbruchteile nahm sie nur verschwommen wahr. Das Bierglas in ihren Händen, das zu Boden fiel. Splitterndes Glas. Ein Schuss. Blut.

„Wer war des? Wer steckt dahinter? Richt da dein Hemd z'recht! …"

(9) Auge um Auge

Rauch trat aus Luis' Pistole, nachdem er daraus einen gezielten Schuss abgegeben hatte. Erschrocken blickten er und Hilde aufeinander. Dazwischen der ebenso erschrockene Attentäter, den Willi „der Fischotter" Zauner geschickt hatte. Dieser brauchte ein paar Sekunden, bis er registrierte, dass es nicht seine Waffe war, aus der der Schuss kam. Luis kam gerade noch rechtzeitig in die Durststube gestürmt und konnte das Attentat auf Hilde vereiteln. Tödlich getroffen, brach der Attentäter des Fischotters schließlich zusammen und lag nun da. Am Boden der Durststube. Dort wo sonst nur die Stammgäste von Hilde nach einem längeren Besuch in ihrer eigenen Kotze liegen. *„Mal was anderes"*, dachte Hilde, als sie geschockt darauf blickte. Noch starr vor Schreck griff sie wie ferngesteuert ins obere Regal der Theke und holte eine Flasche mit glasklarem Obstbrand hervor. Einen Wimpernschlag später waren zwei Schnapsgläser bis zur Oberkante gefüllt. Luis stieg vorsichtig über sein jüngstes Opfer und gesellte sich zur Bar. *„Jo leck mi am Oasch,* *des war knapp!"*, sagte er schließlich und stieß einen starken Atemzug der Erleichterung aus. *„Prost, auf die G'sundheit"*, ergänzte er knapp und kippte den Obstbrand in einem Zug hinunter. Hilde tat es ihm gleich.

Es dauerte einige Minuten, bis sich Hilde wieder gesammelt hatte. Luis nutzte die Zeit und verfrachtete den gerade getöteten Attentäter in den Kofferraum seines eigenen Autos. *„Scho irgendwie komisch"*, dachte Luis, als er einen letzten Blick auf den Kollegen warf, bevor er den Deckel schloss. *„Is jo irgendwie ein Arbeitskollege vo mia"* Als er zurück in die Durststube kam, war Hilde bereits dabei, die Blutlache vor der Theke aufzuwischen. Sie war aufgebracht über das Erlebte und hatte viele Fragen. Fragen, die sie Luis stellte und dieser musste sich stellvertretend für die ganze Welt rechtfertigen. *„Wer war des? Wer steckt dahinter? Richt da dein Hemd z'recht! …"*, kam es krachend von Hilde. So stark unter Druck konnte Luis kaum klar denken. Selbst für seine Halluzination, Ilse, war diese Bombardierung mit Fragen zu viel des Guten. Sie war ja ohnehin der Meinung, dass die Machtgier von Hilde zu Luis' Untergang führen würde. Hilde selbst war vor Wut und Durst nach Rache allerdings zu blind, um das zu sehen. Ratlos saß Luis am Tresen und hoffte auf eine Eingebung. Aber es kam nichts. Aus Mitleid und alter therapeutischer Pflicht beschloss Ilse, ihm zu helfen. Sie erinnerte ihn an das Smartphone von Brunnthaler, das Luis bei ihm gefunden hatte. Möglicherweise lassen sich dort Hinweise finden. Er begann das Gerät zu prüfen. Vorausschauend hatte er es damals bereits per Fingerprint entsperrt, als er Brunnthalers Leiche wegbrachte, sodass er nun immer darauf Zugriff hatte. Nach wenigen Minuten hatte er in den Mails von Brunnthaler einen aussichtsreichen Kandidaten ausgemacht. Nach weiteren Minuten war alles klar. Brunnthalers Mailverlauf las sich wie eine große Sammlung aller verbrecherischen Handlungen in und um Bad Waizenbach von ihm selbst und dem berühmten TV-Koch Willi Zauner. *„Willi Zauner? DER Willi Zauner?"*, fragte Hilde skeptisch. *„Des is mei Lieblingskoch"*, ergänzte sie. Luis teilte ihr mit, dass „Koch" wohl eher nur sein Nebenberuf war und zeigte Hilde, wozu der Fischotter fähig war. Hildes Meinung änderte sich dann schlagartig von Bewunderung zu Verachtung. Sorgenvoll blickten Luis und Ilse auf eine rachsüchtige Schneewirtin, die nun von Luis Vergeltung forderte. *„Aug um Aug … "*, dachte sie finster.

“Obacht! Glei brennts im Gsicht”

(10) Das X markiert die Stelle

Nervös ging Willi Zauner in einem gemieteten Apartment auf und ab. Hin- und hergerissen zwischen Blicken aus dem Fenster und auf die Uhr. Angespannt wartete er auf eine Nachricht von dem Attentäter, den er engagiert hatte, um die Wirtin der Durststube zu beseitigen. *„Kurz und schmerzlos“*, dachte er, denn so wollte er es, aber vor allem schnell. Immerhin war er als Fischotter dafür bekannt, die Dinge rasch zu erledigen. Da das Gebiet um Bad Waizenbach nun nicht mehr von seinem früheren Schwager, Leo Brunnthaler, beherrscht wurde, wollte er den Bereich rasch übernehmen. Dass er Hilde, die Schneewirtin, dabei beseitigen konnte, war eine angenehme Nebensache. Zügig musste das Ganze jedoch vonstattengehen und ihm konnte es nie rasch genug sein. Der beauftragte Attentäter hätte sich schon längst melden sollen. *„Wo bleibt der bloß? Auf kein Schwein kann man sich heutzutage noch verlassen!“*, sagte er aufgebracht und trug sein brüchiges Nervenkostüm weiter zwischen Fenster und Uhr hin und her. Zäh vergingen die

Momente. Jeder Schlag des Sekundenzeigers war pure Folter für den angespannten Gauner. Tick tack, tick tack. So ging es dahin, bis ihm die Geduld platzte. Tobsüchtig riss er die Uhr von der Wand und zerdepperte das gute Stück am Boden. Nach Luft ringend beobachtete er die Trümmer, als endlich sein Smartphone ertönte. *„Na endlich“*, dachte er, als er die Nachricht >erledigt< las. Eine Sekunde später folgte die Nachricht >Geld<, was bedeutet, dass sein Dienstleister bezahlt werden möchte. Eilig antwortete Willi mit >Alter Mühlenturm. Wie immer.< und steckte sein Smartphone weg. Den Treffpunkt hatte er schon oft gewählt, um seine Leute zu bezahlen. Diesmal sollte die Bezahlung jedoch anders ausfallen. *„Keine offenen Enden“*, dachte Willi und kontrollierte seine Waffe, bevor er zum Treffpunkt aufbrach.

Am Parkplatz unterhalb des alten Mühlenturms stand bereits das dunkle Fahrzeug des Attentäters, als Willi Zauner dort ankam. Vorsichtig prüfte er die Umgebung rund um den Parkplatz, das Auto und den, der vermeintlich darinsaß. In Sicherheit wähnend, stieg er aus und tapste über den eisigen Platz hinüber zu seinem Treffen. Ringsum war alles verschneit und auch der alte Mühlenturm hatte eine dicke

Schneekrone auf dem Haupt. Als stiller Zeuge thronte der Turm über ihm und beobachtete das Geschehen. Irritiert, dass sein Gegenüber nicht aus dem Auto stieg, ging er angesäuert zur Fahrertür und riss diese direkt auf. *"Hee! Was ist mit dir los?"*, schrie er den Kerl am Fahrersitz an, nur um zu merken, dass die Person tot war. Es war zwar der von ihm beauftragte Meuchelmörder, aber eben tot. Skeptisch begann er sich umzusehen, denn seitdem die Autotür offen war, hörte er ein dumpfes Piepen. Er kramte im Wagen und an der Leiche umher, bis er schließlich fand, woher das Geräusch kam. Geschockt blickte er auf eine Bombe und ihm wurde in Sekundenbruchteilen bewusst, dass er tief in der Scheiße steckte. *„Eine Falle …"*, ging es ihm durch den Kopf. Die Nachrichten kamen nicht von seinem Attentäter, sondern von Luis und der saß oben im Mühlenturm. Von dort blickte er auf Willi den Fischotter und wartete auf den perfekten Moment. Das X markiert die Stelle und Willi stand direkt darauf. In den wenigen Sekunden, die er hatte, war keine Zeit, um zu reagieren. Er war Le Assassine ausgeliefert. *„Obacht! Glei brennts im Gsicht"*, flüsterte Luis, als er den Zünder auslöste. BOOMM! Mit einem lauten Knall wurde Willi Zauner in Asche verwandelt.

"In der Summe seiner Teile war das mal ein Mensch"

(11) Gewissensbisse

Luis fühlte sich, als wäre er direkt neben der Explosion gestanden. Sein Körper war wie Blei. Seine Gedanken rasten aber in Lichtgeschwindigkeit. In dem Moment, als er die Bombe für Willi Zauner zündete, öffnete er auch seinem Burnout erneut die Tür. Den Auftrag hatte er zwar ausgeführt, aber die letzte Zeit und die Machtgier von Hilde hatten ihn zermürbt. Der Stress trug ihn durch die Tage, aber jetzt, wo der letzte Widersacher beseitigt wurde, brach alles aus ihm heraus. Kraftlos schleppte er sich zurück zur Durststube. Jeder Schritt eine Qual. Sein Kopf dröhnte und um ihn war alles verschwommen. Eines sah er jedoch glasklar - Ilse. *„A Trauergspü is des"*, hörte er sie sagen, während sie mit verschränkten Armen neben ihm spazierte. *„Jetzt merkst das owa scho langsam söbst dass 5 vor 12 gschlogn hod!?"*, ergänzte sic ironisch. Er merkte es sogar ganz extrem. Wie ein Betrunkener torkelte er umher. Es kam ihm komisch vor, denn denken konnte er völlig normal. Körperkontrolle jedoch Fehlanzeige. Erschöpft sackte er an einer Hausmauer nieder.

„Du host recht, i muas an Schlussstrich ziang... gnuag hob i am Gwissen. Pfiat God! I bin raus", jammerte Luis. Es war kein Gerede, er meinte es ernst. Auch Ilse merkte, dass es diesmal keine leere Floskel war. Bald sollten sich ihre Wege trennen. Sie verspürte etwas Trauer darüber und wollte gerade etwas sagen, als sie plötzlich unterbrochen wurden. *„Ja Herrschaftszeiten! Wos führst denn du auf?"*, brüllte Hilde den verdutzt blickenden Luis an. In seinem Kampf hatte er nicht gemerkt, dass er es bereits bis zur Durststube geschafft hatte und dort an der Hausmauer lehnte. Grob hob ihn Hilde vom Gehsteig hoch und brachte ihn hinein. *„Und? Ois erledigt?"*, fragte sie neugierig. *„I hob in der Zwischenzeit meine Hausaufgaben gmocht und des Handy vom Brunnthaler zur Polizei g'schickt. Anonym versteht sich, und jetzt ham die Behörden alle Beweise, sodass er und der Fischotter als Schuldige dastehen"*, fuhr sie grinsend fort. Nun, da die Konkurrenz beseitigt war, fühlte sie sich in Sicherheit und auch Luis bekam aufgrund der Nachrichten wieder eine bessere Farbe im Gesicht. Ilse betrachtete die zwei argwöhnisch aus dem Hintergrund. Dann sah sie jedoch etwas in Hildes Augen. In ihrer Freude merkte die Schneewirtin doch, dass es Luis nicht gut ging. Sie war nicht dumm und wusste, dass sie

dafür verantwortlich war. Schlagartig meldete sich etwas zurück, dessen Anwesenheit sie seit langer Zeit nicht mehr gespürt hatte. Ihr Gewissen.

Während Hilde in der Durststube von Ihrem Gewissen eine Standpauke erhielt, hatte das von Luis ausgelöste „BOOM“ am anderen Ende der Stadt, Bad Waizenbachs Ermittlerduo auf den Plan gerufen. Oberinspektor Wittelsberger und die Staatsanwältin Gabi Glaser waren irgendwie froh über die Explosion, denn die bisherigen Ermittlungen schienen im Sand zu verlaufen. *„In der Summe seiner Teile war das mal ein Mensch“*, bemerkte Glaser mit ihrer unnachahmlichen Wiener Art. Wittelsberger schloss die Augen und betete zu Gott um Kraft. Der Tatort war ein Saustall und der Scharfsinn von Gabi Glaser machte es nicht besser. Genervt ließ er sich den aktuellen Stand übermitteln. Die Überreste einer Person wurden in dem zerstörten Fahrzeug gefunden. Sonst nur Spuren am schneebedeckten Boden, die vom Tatort wegführten. *„Scheint ois ob do wer davon gratscht warad“*, meinte Wittelsberger spekulativ. Dann klingelte sein Telefon. *„Abgegeben … anonym … a Handy“*, sagte er mit hochgezogenen Augenbrauen und verspürte Freude.

"Pssch! Sans ned komisch und schauns her..."

(12) Klassische Konflikte

Sofort nach dem Telefonat brachen die Ermittler hoffnungsvoll zum Polizeirevier auf. Dort warteten neue Beweise, die das Blatt zu ihren Gunsten wenden könnten. *„Was fahrens denn so schnell? Sie Trottl!“*, sagte die Glaser mehrfach während der Fahrt. Wittelsbergers wilder Fahrstil durch die Schneelandschaft ließ sie schaudern. Kreidebleich saß sie da, doch der Oberinspektor hatte es eilig. Je eher er zu diesen verheißungsvollen Hinweisen kam, desto eher könnte der Fall abgeschlossen werden und desto schneller würde er Gabi Glaser loswerden. Die arbeitsintensive Art der Staatsanwältin war ihm ein Dorn im Auge und er sehnte sich nach seinem alten, gemütlichen Polizisten-Dasein. *„Boid gibts wieder 9 Uhr Jause mit Bier und G'selchtem“*, dachte er euphorisch und drückte weiter aufs Gas.

Im Polizeirevier hatte Klaus Hofer, der IT-Spezialist, das besagte Smartphone bereits geknackt und erste Auszüge daraus aufbereitet. Zu Wittelsbergers großer Freude waren diese

Informationen tatsächlich der Schlüssel zum Erfolg. Völlig aus dem Häuschen drückte er Klaus einen dicken Schmatzer auf die Stirn. Die Informationen aus dem Smartphone brachten endlich Licht ins Dunkel. Eilig nahm er die Unterlagen mit in den Besprechungsraum, wo die bisherigen Erkenntnisse aufbereitet waren. Gabi Glaser kam nur mit Mühe hinterher. So zackig hatte sie den Oberinspektor bisher nicht erlebt. Trotz Verblüffung über Wittelbsergers Elan, war sie ebenfalls gespannt, welche Geheimnisse gelüftet werden konnten. Auch sie war froh, wenn der Fall erledigt war, denn die nächste Karrierestufe wollte sie so schnell wie möglich erklimmen. Als sie den Raum betrat, hatte ihr Partner die Informationen bereits zum Großteil mit den anderen Indizien verbunden. *„Wittelsberger, aus ihnen wird ja noch ein richtiger Kommissar"*, sagte Glaser anerkennend. *„Pssch! Sans ned komisch und schauns her …"*, antwortete er knapp und winkte sie zu sich. Dann bereitete er die Erkenntnisse vor ihr auf. Das abgegebene Smartphone gehörte Leo Brunnthaler, der verschwunden war. Auf dem Telefon waren umfangreiche Aufzeichnungen über Drogengeschäfte und Nachrichten mit Willi Zauner. *„DER Willi Zauner?"*, brach es aus Glaser heraus. Oberinspektor Wittelsberger nickte. Dann fügten sie die losen Enden zu einem Gesamtbild zusammen. Die zwei Drogenbarone dürften sich wohl in die Quere gekommen sein und dann begann einer den anderen zu beseitigen. Willi Zauner wahrscheinlich Brunnthaler und seinen Handlanger Laszlo. Umgekehrt trachtete man auch Zauner nach dem Leben, wie das explodierte Auto zeigte. *„Klassische Konflikte in diesem Milieu"*, meinte Glaser. Offen ist nur, ob diese Aktionen auch von Erfolg gekrönt waren, denn von beiden Halunken fehlte jede Spur. Die Verantwortung der zwei war aber nicht von der Hand zu weisen und die Inhalte des gefundenen Handys bewiesen das. Die Ermittler waren zufrieden und wussten, dass ihre gemeinsame Zeit nun zu Ende ging. Wittelsberger ließ die zwei Verdächtigen zur Großfahndung ausschreiben und Gabi Glaser nahm die Ergebnisse mit zu ihren Vorgesetzten. Von Luis' und Hildes Beteiligung wussten sie jedoch nichts. Ebenso, dass ihre Annahme auch nicht der Wahrheit entsprach, aber das war egal. Beide hatten ihr Ziel erreicht. Glaser stand eine glorreiche Karriere bevor und Wittelsberger konnte wieder sein Leben in Bad Waizenbach genießen. *„Prost, Moizeit"*, dachte er, als er die Staatsanwältin endlich verabschieden konnte.

„Und? Sama endli gscheida woan?“

(13) Redebedarf

Es dauerte ein paar Minuten, bis Luis wieder auf der Höhe war. Die Auftragsmorde ... die Machtgier von Hilde ... die Explosion! Wochenlang kämpfte er sich bereits durch die Tage, aber mit der Erledigung seines letzten Auftrags war auch er erledigt. Vor der Durststube fand ihn Hilde dann schließlich am Boden liegend und sie wusste, dass es ihr Werk war. Nun hatte sie die letzte Stunde damit verbracht, ihren lieben Luis wieder aufzupäppeln und mittlerweile sah er auch schon etwas besser aus. Von einer Genesung aber Lichtjahre entfernt. Hilde spürte das und auch Luis wusste ebenfalls, dass er am Scheideweg stand. Um für Ablenkung zu sorgen, bat ihn Hilde, ihr beim Verstauen einiger Sachen im Keller zu helfen. Da unten war auf der ersten Ebene der bekannte Keller und eine Ebene darunter hatte Hilde ihr Lager für die „ungesetzlichen Geschäfte“ liegen. Das existierte bereits seit langem, denn die Durststube war ein sehr altes Gebäude, das es bereits zu Zeiten der französischen Besatzung unter Napoleon gab. Damals wurden unter der Gaststube eine zusätzliche Kellerebene und mehrere Tunnel geschaffen, um während der Besatzung Schmuggel betreiben zu können. Dieses Tunnelsystem führt heute noch unter ganz Bad Waizenbach hindurch und eignet sich für illegale Dinge natürlich perfekt. Für Luis jedoch war es ein Labyrinth. Kaum hatte er eine Kiste verstaut, musste er sich wieder neu orientieren, bis er die nächste holen konnte. So ging es einige Zeit dahin, bis er eine Pause brauchte. *„Schnauf ruhig durch, i moch des scho"*, sagte Hilde und bat, Luis sich zu setzen. Während er auf einem Stuhl saß und ihr beim Arbeiten zusah, gingen ihm viele Dinge aus den letzten Monaten durch den Kopf. Der Zweikampf mit Viktor Slimansky, seinem alten Auftraggeber, den er ins Jenseits befördert hatte. Das ganze Chaos, das die KOMAS in Bad Waizenbach verursacht hatten und wo ihr Anführer Otto Steininger nun Bürgermeister war. Die anfänglichen Flirts mit Hilde, die dann in ein handfestes Techtelmechtel übergingen und derentwegen er jetzt im Grunde ihr hauseigener Auftragsmörder war. Ja, da waren viele Dinge dabei, die ein Burnout auslösen können. Am schlimmsten war jedoch, dass er bereits Hilfe gesucht hatte. Damals bei Dr. Ilse Römer, bei der er sich sofort wohlfühlte. Die er dann aber leider während eines anderen Auftrags versehentlich tötete. Seither begleitete ihn Ilse als Halluzination. So auch jetzt wieder, während er Pause machte, saß sie neben ihm. *„Und? Sama endli gscheida woan?"*, fragte Ilse zum wiederholten Male. Als Therapeutin war ihr schon lange klar, dass Luis raus aus dem Geschäft musste oder zugrunde ging. Geld hatte er ja genug, also wieso noch weiterarbeiten, ohne Spaß daran zu haben? Nun ja, es sei mal dahingestellt, wie sehr die Arbeit eines Auftragsmörders Spaß machen kann, aber dennoch stand die Frage im Raum. Ilse fragte erneut, da Luis zunächst keine Reaktion zeigte. Seine Augen waren trüb und ohne Leben. Schließlich nickte er und gab zu verstehen, dass er es jetzt auch merkte. Danach stand er auf und ging zu Hilde, um mit ihr über seinen Ruhestand zu sprechen. Als er zu ihr kam, wusste sie bereits, worum es ging. Beunruhigt folgte sie seinen Erklärungen, ohne zu wissen, welches Unheil ihnen noch bevorstehen sollte.

Ein paar Kilometer von der Durststube entfernt, pflegte eine arg mitgenommene Gestalt seine Wunden. Der schlecht platzierte Sprengsatz von Luis hatte Willi "der Fischotter" Zauner zwar schlimm verletzt, aber nicht getötet.

„Ja sehr tüchtig. Von nem toten Pferd ist die Salami aber auch leicht gemacht!"

(14) Fegefeuer

Die Schmerzen setzten ihm stark zu, sein Stolz aber war viel mehr angekratzt. Aus den Nachrichten hatte er vernehmen müssen, dass ihn die Polizei zur Großfahndung ausgeschrieben hat, weil diese anonym Beweise zugespielt bekommen hatte. *„Diese verdammte Schneewirtin!"*, dachte Willi Zauner wutentbrannt. Auf Rache sinnend hatte er seine Wunden versorgt und sich dann auf den Weg gemacht, um Hilde und ihrem Handlanger einen letzten Besuch abzustatten. Als er bei der Durststube ankam, zögerte er keine Sekunde und begann überall am Gebäude Benzin zu vergießen und zündete es an. Damit war es jedoch nicht getan, denn Willi Zauner wollte direkt Vergeltung üben. Die Polizei kannte jetzt ohnehin die Wahrheit, also war ihm alles egal. Entschlossen betrat er deshalb die brennende Durststube, um seine Widersacher direkt zu konfrontieren. Auf dem Weg in den Keller verschüttete er weiter Benzin, damit das Gasthaus ordentlich Zunder fing. Hilde und Luis bekamen davon zunächst nichts mit und stritten weiter über Luis' Ausstieg. Die

Überraschung war daher groß, als sich der wutentbrannte Fischotter auf sie stürzte und beide zu Boden riss. Bei Luis griffen jedoch schlagartig die Automatismen wieder und er bekämpfte den angeschlagenen Willi Zauner mit letzter Kraft. Zwei gezielte Schläge mit der Handkante auf den Hinterkopf und der Bursche war unter Kontrolle. *„Ja sehr tüchtig. Von nem toten Pferd ist die Salami aber auch leicht gemacht!"*, sagte dieser vor Sarkasmus triefend und spielte auf seine schlechte Verfassung an. Unverletzt wäre er ein weitaus härterer Gegner, aber das würde seinen Sieg nur umso glorreicher machen, meinte er. Luis fackelte jedoch nicht mehr lange und gab dem Fischotter derartig eins auf die Schnauze, dass dieser bewusstlos zusammenbrach. Dann packte er Hilde und schickte sie durch den stark brennenden Keller hinauf in die Durststube. *"Ned umdrahn, einfach raus und Haund vorm Mund ned vergessen"*, sagte er eindringlich und wies ihr den Weg. Luis folgte ihr nur Augenblicke später, doch bevor er schließlich die Tür erreichte, packte ihn Willi Zauner am Bein. Der war wieder zu Bewusstsein gekommen und wollte es nun endgültig beenden. Eingeschlossen in den Flammen bat er Luis zum letzten Tanz.

Nicht wissend, was im Keller geschah, bahnte sich Hilde keuchend und rußverschmiert ihren Weg durch das brennende Gebäude, bis sie schließlich zum Ausgang gelangte. *„Nur nu a boa Meter"*, dachte sie. *„Luis is glei hinter mir"*, ging es ihr durch den Kopf, als sie schlussendlich nach draußen in den Schnee stapfte. Erleichtert atmete sie durch, um sogleich wieder in Schockstarre zu verfallen. Luis, den sie hinter sich wähnte, war nicht da. Die blanke Angst stieg in ihr hoch und sie schrie nach ihrem Freund. *„Luis! Luis!"*, plärrte sie panisch. Sie konnte nicht mehr zurück ins Haus. Die Hitze und der Rauch waren zu stark. Die peitschenden Flammen ließen nicht erkennen, was im Inneren des Gebäudes vorging. Als Hilde bereits alle Hoffnung verloren hatte, erblickte sie eine menschliche Silhouette im Eingangsbereich ihrer Durststube, die nach draußen zu gehen schien. *„Ja, er hods gschofft"*, dachte sie mit leuchtenden Augen und neuer Mut stieg in ihr hoch. Es war daher umso niederschmetternder, als der Ausgang von brennenden Trümmern getroffen wurde und die menschliche Gestalt hinter sich verschwinden ließ. Gebrochen sackte Hilde im Schnee zusammen. Wimmernd blickte sie auf die lichterloh brennende Durststube mit Luis darin.

„Herst bist du depad, schau dasd außi kimst!"

(15) Lebewohl

Nur Sekunden trennten Luis von der Freiheit. In wenigen Schritten wäre er in Sicherheit gewesen, aber es sollte nicht sein. Sein Kontrahent, Willi „der Fischotter" Zauner, gab nicht auf und hielt Luis in der brennenden Durststube fest. Bereit zum Zweikampf krempelte er seine Ärmel hoch und ballte die Fäuste. Er war noch schwer gezeichnet von er Explosion, die Luis verursacht hatte, aber er war zum Äußersten bereit. Dieses Verhalten machte ihn unberechenbar und Le Assassine wusste das. Auch Willi Zauner war klar, dass er es hier mit einem Profi zu tun hatte, also war Vorsicht geboten. Beide tänzelten zunächst nur umeinander herum, während sich die Durststube ringsum in eine Feuerhölle verwandelte. Schließlich griffen sie nacheinander und tauschten einige wuchtige Schläge aus. Die Rauchentwicklung setzte aber beiden derartig zu, sodass sie wieder durchatmen mussten. Luis war erstaunt über die schlechte Kondition von Willi Zauner, da dieser trotz kräftigen Körperbaus eigentlich fit wirkte. *„So am Semmerl is ned mal unser Bür-*

germeister", dachte er verblüfft. Und das will was heißen, denn dieser war als alte „Leberkäsefräse" bekannt wie ein bunter Hund. Augenblicke später hasteten sie erneut aufeinander zu. Doch diesmal wurden sie je unterbrochen, denn wie aus dem Nichts brach, ein brennender Balken von der Decke herab und erschlug Willi Zauner vor Luis' Augen. Sein Gegenspieler war nicht mehr. In Schockstarre blickte Luis auf den leblosen Körper und vergaß für kurze Zeit das brennende Chaos um ihn herum. Erst Ilse konnte ihn aus seiner Trance reißen. *„Herst bist du depad, schau dasd außi kimst!"*, schrie sie Luis an der sogleich nach einem Ausweg suchte. Im oberen Bereich der Durststube war jedoch alles voller Flammen und mögliche Ausgänge bereits versperrt. Luis versuchte sein Glück daher im Tunnelsystem des Kellers. Der Rauch und die Flammen waren aber auch hier bereits sehr stark entwickelt, doch es war seine einzige Chance. Eilig suchte er in dem Labyrinth nach einem Ausweg, aber viele der Gänge waren bereits eingebrochen oder brannten und bei den restlichen kannte er sich schlichtweg nicht aus. Eine klare Sicht war wegen des Rauchs zudem nicht vorhanden. Luis realisierte schlussendlich, dass er in der Durststube gefangen war und es kein Entrinnen gab. Er war aber nicht allein, denn Ilse stand im weiterhin zur Seite. Ihr konnten der Rauch und das beißende Feuer ja nichts anhaben. Mitfühlend blickte sie in Luis müde Augen. *„Tja, Unkraut vergeht scheinboa doch“*, bemerkte er und versuchte auch in seinem Untergang lässig zu bleiben. *„Manchmoi …“*, antwortete Ilse. *„Dafür seh ma uns boid“*, meinte Luis und versuchte sich in Zwangsoptimismus. *„Äh ich denke, da wo ich bin, hast du keinen Zutritt. Für Auftragsmörder geht's eher nach unten als nach oben“*, gab Ilse schlagfertig zur Antwort. *„Hmm ja … stimmt a wieda“*, sagte Luis und wusste, dass sie recht hatte. Er fühlte, dass es nun zu Ende ging. *„Lebwohl … und schen Daunk für ois“*, verabschiedete er sich von Ilse, ohne es tatsächlich auszusprechen. Der Satz war auch nicht nötig, ein Blick genügte. Der starke Rauch zeigte nun auch seine Wirkung. Atmen wurde immer schwerer. Sprechen ebenfalls. Luis befand sich schließlich in seinen letzten Atemzügen. Er legte sich daher ruhig auf den Boden während Ilse seine Hand hielt. *„Gscheida wia a Stoa am Schädl“*, dachte er verschmitzt und blickte ein letztes Mal in Ilses Gesicht. Tränen kullerten über ihre Wangen. Danach verschwand die Halluzination von ihr, genauso plötzlich wie sie damals aufgetaucht war. Dann wurde es dunkel um Luis Eder.

„A guads End gibt's hoid a nur im Film"

Epilog

Nur Wenige waren zu Luis Eders Begräbnis gekommen. Viele Freunde hatte er nicht und viel, das es zu betrauern gab, war von ihm nicht geblieben. Zwei unkenntlich verkohlte Leichen wurden in den Resten der Durststube gefunden. Nachdem per Zahnmedizin die Identität von Luis und dem Fischotter bestätigt wurde, veranlasste man die Einäscherung. Die staubigen Reste von Luis packte man in eine Urne. Die stand nun am Altar im Blick der Trauergäste. Wittelsberger war gekommen. Diesmal ohne Gabi Glaser, denn diese machte sich mit der erfolgreichen Ermittlung bereits bei ihren Chefs beliebt. Er war ohnehin froh, die lästige Anwältin nicht mehr bei sich zu haben. Hilde war auch da. Geläutert saß sie weinend in der Kirche. Der Verlust von Luis und der Durststube hatten aber auch etwas Gutes. Sie entsagte den kriminellen Machenschaften und eröffnete eine Würstelbude. Mit dem Versicherungsgeld aus dem Brandschaden ließ sich das gut bewerkstelligen. Luis‘ bester Freund, Rigatoni, war auch unter den Gästen. In seiner Trauer lauschte er der Predigt. Pfarrer Ertl war für seine gemächliche und sanfte Sprechweise bekannt. Man konnte ihm daher gut folgen, wurde aber auch etwas schläfrig. *„So sehd und erkennd das Lamm Goddes das hinwegnimmt die Sünde der Weld …“*, hallte es vom Altar hinüber zu den Gläubigen. Gerade laut genug, um Rigatoni aus seiner Trance zu wecken, denn er nahm sich der Trauerrede an. Seine kurze Ansprache bot heitere Anekdoten über Luis. Zum Ende wurde er dann allerdings doch schwermütig. *„I denk sterben muas jeder mal. Der Tod an sich, is ned so schlimm. Wos aber sehr weh duat, is, wenn ma kan Moment hod um Lebewohl zu sogn“*, sagte Rigatoni ergriffen am Ende der Rede. Das blieb den Trauergästen am besten in Erinnerung. Als dann endlich alle Predigten abgehalten waren, begab man sich zum Friedhof und setzte die Urne bei. Einzeln nahm jeder Abschied von Luis Eder, bevor es zu regnen begann. Eiligst brachen dann alle für die Zehrung zum Kirchenwirt auf. Nachdem der Leichenschmaus zu Ende war, ging Rigatoni bedrückt nach Hause. Dort wartete außer einem vollen Briefkasten niemand auf ihn. Seufzend blätterte er seine Post durch. Die Zeitung, Rechnungen, eine Postkarte, noch eine Rechnung und natürlich viel Werbung. Desinteressiert warf er das

Zeug auf den Tisch und setzte sich daneben. Die Kinowerbung stach aus dem Papierkram hervor und ließ ihn kurz schmunzeln. *„A guads End gibt's hoid a nur im Film"*, dachte er dann traurig. Allein sitzend, blickte er aus dem Fenster auf Bad Waizenbach. Es sah aus wie immer, doch ohne Luis auch völlig anders.

In einem südlicheren Teil der Welt, dort wo Diskretion gefragt ist, trat währenddessen Amelia Ortiz ihren Dienst als Hotelmanagerin an. Wie jeden Tag, doch diesmal etwas früher, denn ein spezieller Besuch hatte sich angekündigt und wollte eines der schöneren Apartments ihres Hotelkomplexes besichtigen. In dicke Bandagen eingewickelt erschien der Kunde überpünktlich beim Treffpunkt. Etwas irritiert, aber dennoch freundlich wie eh und je, zeigte sie dem Gast die Räumlichkeiten. Hocherfreut nahm sie zur Kenntnis, dass er das Apartment dauerhaft buchen wollte. *„Gracias Senior, ich benötige dann noch Ihren Namen. Por favor"*, sagte Amelia höflich. Der Gast bat um Verzeihung. Eiligst kam er dem nach und sagte: *„Gestatten! Eder. Ehemaliger Auftragsmörder."*

GERI HEHENBERGER

1990 geboren in Grieskirchen, begann er früh ein besonderes Interesse Geschichten zu entwickeln. Die fantasievolle Welt der Bücher faszinierte ihn und weckte den Wunsch, selbst Geschichten mit eigenen Figuren zu erzählen. Während seiner Schulzeit, war er bekannt für seine ausgeprägte Fantasie. Er erhielt von seinen Lehrern für seine anspruchsvollen Aufsätze viel Lob. Dieses Feedback bestärkte ihn darin, selbst Bücher zu veröffentlichen. Nach dem Schulabschluss entschied er sich jedoch zunächst für eine konventionellere Karriere im Finanzsektor. Inzwischen verbringt er, abseits von Finanzen, viel Zeit mit anderen Dingen und hat dabei die Lust am Schreiben wiederentdeckt. Mittlerweile hat er neben dem Finanzbuch "Abenteuer: Investieren" seine Luis-Eder-Krimi-Triologie veröffentlicht.

Loved this book?
Why not write your own at story.one?

Let’s go!